KB140481

침묵의 뒤

침묵의 뒤

초판인쇄 | 2018년 12월 10일 **초판발행** | 2018년 12월 20일
지은이 | 김화자 **주간** | 배재경 **펴낸이** | 배재도 **펴낸곳** | 도서출판 작가마을
등 록 | 2002년 8월 29일(제 2002-000012호)
주 소 | 부산광역시 중구 대청로 141번길 15-1 대륙빌딩 301호
　　　 T. 051)248-4145, 2598　 F. 051)248-0723　 E. seepoet@hanmail.net

ISBN 979-11-5606-114-4　03810　₩10000

※ 이 도서의 국립중앙도서관 출판예정도서목록(CIP)은 서지정보유통지원시스템 홈페이지
　 (http://seoji.nl.go.kr)와 국가자료공동목록시스템(http://www.nl.go.kr/kolisnet)에서
　 이용하실 수 있습니다.(CIP제어번호: CIP2018038254)

※ 이 책의 무단전재 및 복제행위는 저작권법에 의거, 처벌의 대상이 됩니다.

본 도서는 2018년도 부산문화재단 지역문화예술특성화지원사업으로 지원을 받았습니다.

작가마을 시인선 35

침묵의 뒤

김화자 시집

도서출판
작가마을

바람결 따라

결국은 혼자 가야하는 인생 길

세월이 약이 되어

이제는 외로움도 덤덤해진다

무거웠던 날개들 하나 씩 내려놓으며

이름 없는 풀꽃 곁에 서서

작은 일에 감사

아프지 않는 오늘을 감사한다.

만추를 즐기며

김 화 자

김화자 시집

• 차례

침묵의 뒤

제2부

김화자 시집

작
가
마
을
시
인
선
③④

침묵의 뒤

침묵의 뒤

작가마을시인선35 · 김 화 자

제1부

안착

그 많던 온실의 난이며
마당의 나무들
몽땅 흩어버리고
잘려 나간 못난이
두 촉짜리 난 화분 하나
실한 돌 틈에 찰싹 붙은
풍란 하나

옛집 자리
새로 들어선 넓은 거실
텔레비전 곁에 서서
물끄러미 우리 내외를 바라본다

더 무엇을 바라리
닳아져 가는 우리들 마주 보다가
하늘 올려다보고
별 보다가
내리는 빗줄기
구름의 의미를 익혀가야지

벼락

이사 와서 미쳐 돌아 볼 사이도 없이
그가
위암이 식도로 전이되어 손도 쓸 수조차 없다는
벼락같은 소리 들은 지 보름 째
스탠드 관 주입조차도 허락하지 않는다
산다는 것이 이런 것인가

하나님은 지금까지 말씀 없이
통증을 걷어주셨는데
미련한 내가 할 수 있는 건
오직 그와 함께 있어 주는 것 뿐

닷새 만에 퇴원
다행히 어제 오늘 식사는 밥이었는데
이상은 없었다
그 와중에도 감사
통증만은 끝까지 없게 하여 주시옵소서

체중

현관문을 들어서며
내 체중이 늘었어
두 번이나 달아봐도 53키로
얼마 전 체중이 51.5키로

빽빽한 미음이나마 달게 들며
과일 주스에 두유
쑥즙까지
오늘 다시 53키로
수척한 그의 얼굴이 환해졌다
한 시름 마음이 놓인다

복병

한 달 후에 오라는 의사선생님
은행일도 끝내고 가뿐했던 당신
평소에 덤덤했던 짜장면
왜 그렇게나 원하던지
말려도 소용없이
제일 먼저 먹고 입을 닦는다
집에 와서도 희색이 만면

오후 3시 지나
눈꺼풀이 사르르 움푹
기어이 일을 냈다
도로 입원 전으로 돌아가 버렸다

입원

성모병원 호스피스 병동에 입원했다
금요일은 면도하고 목욕하는 날
삼일에 한 번씩 대중탕에 가던 양반
자원봉사자들의 손길로
한 번으로 축소되었으니
얼마나 개운하고 산뜻할까

아무것도 스스로 할 수 없는 지금
패인 뺨 위로 삐죽거리던
수염까지 말끔해진 얼굴이
더 수축해져 보인다

조금씩
조금씩
그와의 거리가 멀어져 가는 듯 해
나도 몰래 고개를 돌려버렸다

호스피스 병동

여기는 암을 치료하는 곳이 아닌
통증 완화를 시키며
말기 환자들의 상태를 보살펴 주는 곳
조용히 잘 지내고 있지만
보행이며 상태는 조금씩 떨어져 간다

기쁜 마음으로 재료를 바꾸며
암죽을 쑤며 과일 주스를 갈 던
얼마 전의 그 때로 돌아가고 싶다

감사

목욕하는 날
삼사일 전부터 기다려지는 날인데
봉사자들의 사정으로 오전 목욕 담당 팀이 빠져
당신이 목욕에서 탈락
멍청하게 천장만 바라보는 당신
휠체어에 앉혀 화장실에서
물 받아 머리 감기고 상체며 손
발 담가 따뜻하게 씻겨
로션까지 발라 발그레
나에게 이런 시간을 만들어 준
이에게 감사한다

나의 하나님

이틀 병원에서 지내고 내일은 주일
저녁에 집에 가서 주일 예배보고 오겠다고 말했을 때
쾌히 승낙 했었는데
밤중 울리는 벨소리 가슴이 덜컥

어머니 별일은 없는데 아버지가 자꾸 전화해라 해서요
간병인이다
숨이 멎어질라 한다
그의 한 마디 난감했다
가까운 애비한테 전화하고
아침 일찍 암죽 끓여 길을 나섰다

불꽃같이 번져나던 벚꽃 길
하루 비에 폭삭
교회 대신 병원으로 간다
나의 하나님은 지금 병원에 계신다

금족령

당신과의 약속을 지키기 위해
아침 8시 5분 전
당당하게 병실로 들어섰는데
벼락 치는 소리

나오지도 않는 소변 밤새
아홉 번이나 화장실로 어기적거렸다니
당신의 불안 초조로움 짐작하겠다

이제
밤에 아버지 혼자 있게 해선 안 되겠다는
간병인의 발
금족령이네

눈보다 더 흰 손

아침 5시 45분 호스피스님
더운 물에 수건 빨아
환자의 얼굴을 닦는다
반듯한 이마 눈 코 입
정성스레 닦아 내린다

헐렁한 소매를 걷어 올려
손가락 하나하나
손등을 닦은 뒤 팔뚝까지

바짓가랑이를 걷어
장다리를 닦고
발가락 사이사이 닦으며
발이 참 곱습니다

이불을 다독거린 뒤
다음 환자 또 다음 환자에게로
발길을 옮기는 호스피스님

눈보다 더 흰 손을 따라간다

무 통증

처음 암죽 끓였을 때
참 맛있다 하며 잘 먹었는데
이 병원 왔어도 처음엔 좋아했는데
이젠 죽 두어 숟갈 데워놓고
먼 산만 보다 밀쳐내기가 일쑤
이틀에 하나 씩 영양제를 단다
아직도 크게 진통을 느끼지 못 하는데 감사할 뿐
하나님 아버지
편히 쉬게 하여 주시옵소서

4월 24일

이 병원에 온지 한 달여
한사코 사양하던 기저귀도
순순히 받아들였다

종아리까지만 부종이던 다리
단단한 허벅지에 손자국이 푹 푹
두어 숟갈이나마 어제
모처럼 세 끼를 채워 좋아했는데
수혈 때문에
온몸 가려움과 통증에
한 밤 내내 눈 감았다 떴다
내가 할 수 있는 건
그저 손으로 쓰다듬을 수밖에 없으니

흐려져 가는 기억

부종에 영양제를 떼고 나니
부종은 많이 빠졌지만
수액 하나로 이틀을 채우는 당신
얼마나 버텨 낼지 의문이다
이러다 몇 시간 반짝 좋았다
이튿날은 완전히 풀이 죽어 불안하다
이제 진통제 하루에 4~5번을 맞아도
다리가 아파 못 견뎌한다
주물러 주면 가만 있기도 하지만

기억이 흐려져 가는 당신
물끄러미 날 바라보는 당신의 눈동자
젖어있다

4월 28일

영양제 수액까지 반으로 줄이니
부종이 많이 빠졌지만
암죽조차 넘기지 못하는 날이 많으니
얼마나 고생을 더 해야 할까
하나님 아버지
최소한 당신 본연의 모습과 정신으로
눈 감을 수 있도록 지켜주시옵소서

엄마

두 눈을 떴다 감았다
신음 끝에 묻어오는
아이 고 엄마 다리가 아파
나직막이 엄마만 수없이 부른다

어머님이 보여요
고개 절래
어머님 따라 갈래요
다시 고개 절래

아픔에 끌려 지금 그는
어디에서 헤매고 있는가

오늘은 나조차 잊었는지
눈 맞추지도 않는다

아침 해 돋아
초록 잎사귀마다 번들거리는데
그는 축축 처져만 간다

4월 29일

가슴에 열이 차이는지
옷 하나 걸치는 것조차 힘들어 한다
밤 9시 지나 호스로 소변을 뺐다
어눌해진 말 잘 알아듣지 못할 때도 있다
90세가 넘는 지정임 부친께서 엄마를 부른다고 하더니
한 번 부른 엄마 자주 부른다

새벽녘 물 한 모금 넘겼는데
분홍색 붉은 물 더 많이 받아냈다
산다는 것이 고통의 연속일 수도 있음을 본다

수녀님이 위로의 말 뒤에
아픔도 스스로 이겨나가야 함을 일러주면서
아버지 하나님 곁으로 갈 마음은 없느냐고 물었을 때
도리질을 했다

5월 1일

수녀님과 간병인의 권유로 20여일 만에
집에서 자고 8시40분경 병원에 도착했다
어제 늦도록 큰 아이와 막내가 있을 땐 모든 것이 밝고
상태가 좋았다는데
하룻밤 사이에 상태가 악화되다니
나와도 눈을 맞추지도 못했다

통증이 멎지 않고 잠이라도 재울 겸 진정제를 맞혀
잠든 듯 해 나도 두 시간 잠들었다 눈 뜨니
눈을 뜬 채 산소마스크를 뗀 상태로 말없이
천천히 두 손을 흔들고 있었다
간호사를 불러 체크
혈압 체온 정상
산소가 낮아 일단 특실로 옮겨 지켜보기로 했다

5월 2일

과장님이 다녀가고
수간호사님을 차례로 만나면서 갑자기
당신이 악화일로로 가고 있음을 안다

일 인실에 오는 건 위험을 내포하고 있는 일
오늘 밤 내일조차도 알 수 없이 무릎을 쓰다듬는다

엄마 소리가 봇물 터지듯 한다
이제는 진통제도 제한 없이 주겠다고 했다

하나님 아버지 제발
고통 조금만 받게 하시고
당신의 곁으로 인도하여 주시기를

5월 3일

독방에 와서 두 번째 아침을 맞는 날
비가 내린다
새벽 5시 지나니 호스피스 마티아님이
면도며 머리를 감겨주러 왔다
화장실이 없는 독방
물도 가져와야 되고 버리는 것조차
힘 드는 일 마다않고 씻겨주는 마티아님!
어제는 종일 몽롱한 상태였는데
오늘 아침에는 날 알아보기도 하고
눈과 눈 맞추기도 한다
몰핑양도 높이고 캐치 또한 하나 더 붙여
주사 한 번에 세 시간 반을 넘길 수가 있게 됐다

오후부터 한 발짝 한 발짝
임종이 다가옴을 예감하면서
정신 차려 목구멍에 밥을 넣는다

임종

오늘은 생각보다 진통의 폭이 순해 보였다
흔드는 손을 잡고 불러도 이젠 고개 흔들지 않는다

나도 몰래 당신의 머리를 쓰다듬으며
너무 고통 받지 말고 하늘나라에 먼저 올라가서
어머니를 만나고 있으면
내가 당신보다 7년이나 어리니 좀 더 살다가
당신 따라 갈 테니 미리 내 자리도 잡아놓고
기다리고 있어요. 알았지요?
그의 귀에다 또렷또렷 속삭였다

알아들은 듯 그의 표정이 조금씩 밝아져 왔다
차례대로 아이들 모두 와서 만나고
마지막 막내가 도착 감겨지던 눈이 다시 떴다가
스르르 영영 감겨졌다 저녁 8시 30분

당신의 모습이 너무나 편안하게 보였다

제2부

긴 이야기

밤이 길다
손가락으로 그의 발등을 눌러보다가
앙상한 팔을 주무르면서
"살면서 나한테서 서운한 거 뭐 있었는가 생각 해 보소
지금이라도 들어줄 수 있을지 아나"
" "
"야"
"서운한 게 뭐 있노
지금처럼 당신이 끓여주는 미음만 먹고도
하루라도 더 있고 싶지"

목이 탁 메인다

의식

얼마나 생생한 기억으로 남아 있었기에
눈 뜨지 못하고
말 한 마디 못한 채
팔다리 맡겨 놓고서
속으로
온 힘을 모아 준비 했을까

이틀째 소변을 못 봐
또 호스를 삽입한다고
귓가에 나직하게 알려 준 상황

기저귀를 풀자 별안간
소변줄기를 쏘아 올리던 그
오늘 또 얘기하고 풀어 제끼니
뜨뜻하고 물씬한 기저귀
손에 잡히네

엄마 2

마지막 잦은 신음 속에
난데없이 묻어오는 엄마
산수도 지나 간지 3년
눈 감은 채 연이어 부르는
당신의 목소리
긴긴 세월 묻혀 진 엄마의 부름
본능일까 진정 그리움일까

한 생이 맨 처음 익혀 부르던 엄마
마지막 임종을 눈앞에 두고
연이어 부르는 엄마
아프다가 먹먹해진다

편안을 주고 간 당신

넓은 가슴에 안겨
깊은 잠 한 번 들어보지 못하고
그 넓은 가슴에 품어져
단꿈 한 번 꾸어보지 못 한 채
멋쩍어 여보라는 소리 한 번
꺼내보지도 못해보고
사랑한다는 말조차 당연히 못했던
무덤덤했던 우리 사이

토닥이며 반백 년 훌쩍
병실에 길게 누워있는 당신을 보면서
서운했던 지난 일들 모두가 하얀 백지
당신이 다시 보였네

당신 영영 눈 감기 전
먼저 가서 자리 잡고 기다리라
약속했네

웃는 듯 눈에 선한

그대 너무나 편한 마지막 모습

내게 편안을 주네

음성

그 날
쓰러져 정신없이 내려온 산소
아이들이 보러 가고
또 나 혼자서 밥을 먹는다

그가 내 앞에 있다
눈높이보다 조금 위
그냥 우두커니 바라보고 있다

미음만 먹고 있어도
이렇게
오래 있으면 좋겠다던
나직한 당신의 음성

밥그릇이 어른어른
목이 메인다

빈방

아무도 없네
참말로 아무도 없네

변명 반 섞어
보고 할 때도 없이
빈방뿐이네

사망신고 하러
주민센터에 갔더니
그의 주민등록증도 회수해 버리네

허기

아침 먹고
점심 먹고 저녁
삼시 세끼 꼬박
챙겨 먹는데
허기가 진다
등이 시리고 자꾸 배가 고프다

독한 약

눈을 뜨니 깊은 고요
나도 고요
어둠 속에 토막이다

어질어질 비틀거리던 몸
약 한 봉지 입에 털어 넣고
열 시간 만에 눈 뜬 새벽
일시에 휴전이 된 이 분위기
이대로 찌꺼기는 가고
새 틀에 짜여 지는 깔끔한 육신 이었으면

식사

얼은 고기 녹여 썰고
감자와 양파 미처 썰기도 전에 다가 오네
입맛 없을 때 한 번 씩 상위에 올리면
한 번은 말없이 먹어주던 카레 밥
노란 밥상 앞에 안자 그가 숟가락 달각이고
나는 생각을 씹는다

당신 떠난 뒤 인사 건네는 이마다
식사는 꼭꼭 챙기라는 말
나 홀로 빈방
이대로 내가 일어나지 못하면 누가 날 챙겨주지
고개 흔들며 일어나
숙제를 풀 듯 수저를 챙긴다

떠날 것을 미리 알았는지
미처 봄도 오기 전
오일장에 가서 사다가
수석에 챙챙 묶어주고 간 풍란과
이름표를 달고 있는 황용금 화분 하나
물끄러미 내 얼굴만 바라보네

외롭다 생각되는 날

한 며칠 당신이 출장 갔을 때
홀가분하게 여기던 그 때처럼
외롭다 생각지도 말고
쓸쓸해하지도 말고
당신이 마지막으로 내게 준
최대의 휴가라 생각하자

지금 으스름 내리고 밤이 오는 까닭도
내일 새날을 위한
휴식의 시간
욕심 부리지 말고
주어진 건강에 감사하며
눈도 마음도 건전하게 채워 갈 수 있는 일
어딘가에 있을 터
부축하며 스스로 날 일으켜
내 안을 채워가자
수시로 떠오르는 당신의 모습 바라보며
날 지켜준다 생각하자

거짓말

그가 잠든 지 달포
같은 아파트에 사는
동년배의 낯선 여인
몇이 살아요
천연스럽게 둘이요

얼마나 시간이 흘러가야
당당하게 홀로 설 수 있을까

푸른 문고리

격정과 체념을 지나
몽환의 5월이다
계절이 돌아 다시 달려드는 잔인한 5월
조각조각 달그락
열 손가락 끝으로 빠져나가기만 하는 힘

그가 내 앞에 바짝 붙어 서서
엉덩이 내어밀며 어기적거리는 걸음
어느새 그 걸음으로 따라가고 있는 내 모습
내려다보다가
아니 이건 아니야
그냥 이대로 사그라져 내릴 수는 없어
걸음을 멈추고 돌아서며
마지막 5월의 달력을 떼어내며
6월의 푸른 문고리를 잡고
다시 일어선다

어제도 방 콕 오늘도 방 콕
사방 높은 빌딩 쪼다가 해지는 저녁
또 망설이다가
그래 가보자
많고 많은 식당
혼자선 넘기 힘이 드는 문지방
숨 한 번 크게 쉬고 문 열고 들어갔다

애꿎은 벽면 메뉴판만 올려다보는데
고마워라 들어오는 옹알이 아가아빠
내 곁에 유모차를 붙여준다

된장국물 남김없이 입에 넣고 나서는 걸음
됐다 나도 몰래 어깨가 쩍
더러는 스스로 움츠려들겠지만
외벽이라도 쌓아가야지
터득하며 배워가야지

기억

친원 만원 이 만원 가계부를 적나가
어디다 썼지
어디로 갔지

한 때는 예사로 넘기기도 했지만
이젠
단순한 술래는 안 돼

이리저리 서성이다
한 밤을 잤다

새벽녘
짙은 안개뿐인 하늘 보다가
돌아서는 찰라
그래 그랬지
별처럼 꽂이네

기도

간절히 원하고
기도하고
기도하면
이루어 주시네
주셨네

안개 짙게 깔린 하늘
말갛게 거둬주시고
새벽하늘
넓은 들판 지평선에서
황금의 빛 찬란하게 비쳐주시네

감사 또 감사하며
그날 목사님
들려주시던

사랑하는 자여

네 영혼이 잘됨같이

네가 범사에 잘 되고 강건하기를

내가 강구하노라

(요한 3서)

기억 속의 감포

새벽부터 그는 짧은 수염을 밀어내고
연신 시계를 보다가 울산으로 출발한다
아니면 기차 타고 태화강에 내리면
울산 계신 한 선생님 내외분이 기다리신다

우리는 한 차에 올라타고 바다를 끌며
15년 동안 한 해도 그러지 않고 감포로 갔었지

두 분 함께 한날 퇴직하고
그 날 처음 앉았던 그 자리
해마다 그 날 그 횟집
제 살 꽃잎으로 누운 바다의 성찬 사이로
세월도 마르지 않는 이야기에 생기가 돌아
웃음과 즐거움이 가득
빼어난 감포 가도를 돌아
경주 거쳐 운문사까지
구석구석 달콤했던 15여년의 세월
이제는 추억 속의 감포

10여년의 나이 차이도 아랑곳없이

며칠 사이 두 분

먼 여행길에 오르셨으니

어쩌면 그 곳에서도 사이좋게 계실는지 몰라

내일 모레 또 그날이다

종이 한 장의 차이

아무리 옭아매었어도
결국은 혼자
그리운 얼굴들 하나씩 사라져간다
예전에 느끼지 못했던 창가에서의 생각

아침 일찍 기도하게 해주셔서 감사
귀뚜라미 소리 들으며 앞산에 올라
운동할 수 있어 감사
시 한 줄 읽으며
연필 들게 해주셔서 감사
굳어져가는 손가락이나마
서툰 악기를 불게 해주셔서 감사
틀린 자리 다시 불러보자고
마음 일으켜주시어 감사
가슴에 감사의 하얀 종이 하나 없는다

생각이 생각을 바꿔놓는 종이 한 장 차이의 생각
푸근한 마음으로 잠자리에 든다

완행열차

울적한 날
무작정 동해 남부선
완행열차를 탔다

기차는 달리고
차창에 얼굴을 대니
맨 먼저 먼 하늘이 쑥

눈길 닿지 않았던 곳
얕은 담장 날 불러들이다가
끝없는 바다 위
갈매기 날개 따라 가다가
울창한 숲을 지나
푸른 들길 돌아 들꽃 사이
초라한 간이역 대합실
설익은 언어들
낯선 얼굴 속에
자리 잡은 얼굴 하나
웃을 듯 말 듯 바라보고 있네

가을 밤

자다가 눈 떴다

등이 축축

아직 한 밤
바람소리
또닥거리는 빗소리
겨울로
가을밤이 질러간다

밀쳐진 이불
끌어당기며 다시 눈 감으니
웅크러진 모습 앞세워
만상이 퍼질러 앉네

등산화

주룩주룩 비 내리던 아침
청령포 비운의 단종 유배지를 둘러
여행을 다녀오니
마루 끝에 등산화 한 켤레
끈까지 야무지게 끼어져 웃고 있다

떠날 때
낡은 운동화를 신으면서 투덜거려도
입 꾹 닫고 있더니
마지막으로 남겨진 당신의 깜짝 선물이 되었네

당신은 떠나고
도려 진 듯 밑창이 입을 쩌-억 벌렸기에
현관 한자리에 두다가
신발장에 넣어두었다가
오늘 쓰레기봉투에 넣어졌다
당신의 손길을 스친 물건들 하나씩 사라져간다

침묵의 뒤

작가마을시인선35 · 김 화 자

제3부

탈출

깎기고 뭉쳐져 꾹꾹 다져
어둡고 좁은 공간에서
얼마나 오래 시도한 탈출일까

종일 영하의 날씨
저들을 두르고 활보를 치는 사이
소리 없는 아우성으로 비비적
촘촘히 박혀진 바늘구멍 틈새로
삐죽삐죽 하얀 오리털

팔을 내어 밀고
얼굴 내밀어 두리번거린다
족집게로 보이는 대로
팔을 당겨 후우
순식간에 훨훨 활활
창을 열고 하늘을 힐끗
훨훨 탈탈

침묵의 뒤

그 날 오후 새 입원 환자
생뚱맞게 전달되는
분홍빛 작은 하드 통 하나

깊은 밤
눈을 뜨니 화통처럼 품어내는 코골이
여자의 코골이가 이렇게 클 수가 있다니
온 병실을 들썩들썩
귓구멍을 막아도 소용없는 귀마개

절대안정 경고도 잊고 보호대를 차고
첫새벽 병원복도를 어슬렁
일주일만의 상처부위 X레이는 바로 밑바닥

수술실에서 나온 그녀
새끼발가락을 절단한 당뇨병 환자
어느 병동에도 보낼 수 없는 처지의 환자
낮은 내 옆 빈 병상에 처억
일시에 밀쳐진 나는 나무토막

시련이다
나에게 내리시는 시련의 시간
눈 감고 외우고 또 외우는
저의 옹졸함을 용서하여주시옵소서
용서하여주시옵소서
오전까지 그녀가 누웠던 병상
내가 누워 긴 밤 뒤척이고 있다

지침서

봄비 오시는 날
노래교실 땡땡이 치고 산에 간다
이삼일 못 오른 산
그 사이 매화나무 얼마나 반길까
운동화 콧잔등에 빗물 튕기는 언덕 오르는데
언덕이 희끗 우뚝 섰다
그새 땅에 떨어져버린 꽃잎들

쳐다보지도 못했는데
난데없이 바람이 휘-익
우산대가 휘청
꽃잎 또 내려앉는다

꽃잎도 자연재해도 아닌
짓밟힌 채 냉가슴만 앓았던 이들이여
참으로 오래 앓아 곪아버린 아픔들이여
이제라도 둘러 쓴 가면들 벗겨보세요
me too 앞장 세워

앞으로의 단단한 지침서를 만들 수 있도록
절대로 꽃잎처럼 짓밟히지 않을
재발의 방지를 위해서

외톨이

바라봄이 없다
초췌한 모습
새 담배 가치 입에 물고
뺨이 패이도록
꼬투리 담뱃불에서 불붙이며
연기만 뿜어댄다

말 없음의 시선 어디 갔을까
세모가 가까워지는 해거름
핸드폰도 중얼거림도 없이
그을린 얼굴
헐렁한 바짓가랑이 끌고 가는
맨발의 운동화
어깨가 더욱 굽어진다

이럴 때는

이럴 때는 날개가 있었으면 좋겠다
소리 없이 훨훨
날아가 버릴 수 있는
날개가 있었으면 좋겠다

이럴 때는
가랑잎 한 잎이었음 좋겠다
바람 따라 훨훨 날아
한 쪽 구석
나만의 자리에 콕 박혀버렸으면 좋겠다

아니
보이지 않는 바람이었으면 좋겠다
흔적 없이 사라지는 바람이었으면 좋겠다
내 몸 천근으로 일어날 수 없을 때

기다림의 미학

하루 이틀 기다리다가
일 이주일
기다림의 초조함 토닥이며
어디쯤에서 매듭이 꼬였을까
나 아닌 네가 되어도 본다

돌아보며 한 달 두 달
다시 기다려보기
기다리다가 영영
어둠에 묻혀버릴지라도
각진 모서리를 갈고 있는
내 안을 위해
계절 위에 장대 하나 세워놓고
기다려 볼 일이다

이제야

너를 위해 짐을 샀다
아니 서로를 위해
짐짝을 동였는데
회초리 하나가 번쩍
내 등을 친다

앙칼진 사랑이었네
앙탈하는 사랑이었네

수백 벌 치마폭을 둘렀어도
깨닫지 못했던 사랑법
이제야 깨치네
이제야 눈이 뜨이네

오뚝이

밤이 가고 아침이 와도
시야 속에 구부정
현관문 열어둔 채
두 목발 짚고 섰다

넘어지면 일어서고
넘어지면 또
다시 일어서는
내 가슴앓이는 생손가락

긴 밤이 가고
또 한 밤들이 가서
환하게 웃을 날 있으리
꼭 있으리

통도사 가는 길

통도사 가는 길
키 큰 나무들 묵언의 길
비가 내린다

잠시 만났다 헤어지는
인연
비바람이 자꾸만
옷깃을 헤친다

언제 다시 만날 수 있을까
길 건너
벗겨진 감나무
붉은 감 하나
눈이 시리다

냉정역에서

냉정 가는 길
전동차 칸막이 문을 등지고
덩치가 큰 눈 먼 여인
반 쯤 눈을 껌벅이며
일곱 살 아이가 백혈병을 앓고 있습니다
절박한 저희들 도와주십시요
조그마한 성의를 베풀어 주십시요

애걸조였다가 언성을 높였다가
더듬거리며 앞으로 지나갈 때
천 원짜리 지폐 한 장 씩 건네주는 여인들

냉정역에 내려
엘리베이터를 타고 문을 닫으려는데
같이 가요
큰 소리 치며 몸집 좋은 여인이 달려온다

저 여자 차안에 있던 장님아이가
달려오는 여인을 바라보던
승객 한 분
문을 닫아버린다

세모에

겨울 오후 4시
지붕 낮은 구두 병원 귀퉁이
붙박이 의자에 엉덩일 붙였다
사절지 백지에 줄줄이 적힌 수선비 가격표
부츠 뒤축 수선비는 올해도 삼천 원
부츠는 접착제 바람 쏘이는 중

무표정의 아저씨 민첩한 손
구두약 바른 듯 만 듯
주름 좍좍 약 바르고 또 닦는다

한 숙녀가 하이힐 벗어 주고 섰다
순식간에 똑똑 소리 내며 간다
중년 사내가 신발을 들이대고 표정을 읽자
검지와 장지를 들어 손사래를 친다
또 한 여인 종이 팩을 내려놓고 간다

한 해가 저물어가는 싸늘한 저녁
형광등 불빛도 없이 입 다물고
키다리 아저씨 손놀림만 바쁘다

편협한 생각

복어 먹는다
검은 등짝에 허연 배 미끌
쭉 뻗은 얼룩 배기 검은 꼬리
지렁이 보듯 등 돌려버렸던 복어
큰 아이
깨끗이 손질해 부쳐오고
솜씨 좋은 며느리 푸짐하게 끓여
실려 온 복어 국
며칠을 밀쳐놓았다 그래 먹어보자

식초 넣고
살 깊은 토막 하나
초고추장에 푹 찍어 입에 넣는다
쫀 득 담백한 맛
깊은 살코기 한 번 더
또 다시 한 번 오물

아무렇지도 않네
뚝배기 하나 다 비웠네
사람과 사람 사이에도 이런 점 있었겠지

순간

장마는 소강상태
서쪽 하늘 흰 구름
수백 마리 양떼가 되어
몽글몽글 동으로 밀려간다
푸르죽죽 삐뚜름 하늘 한 조각
살짝 별들 띄워주네

저랑 나랑 잠시 빙그레
눈만 맞추었는데
양떼들 사라지고
어느새 구름 떼
별들 다 사라져갔네

망연자실 어제 그제
해운대 광란의 질주까지
모두가 순간이었네

눈물

미쳐 고개 들기도 전에
내려치는 벼락

눈 귀 틀어막고
살지는 않았다 싶었는데
불쌍한 아둔함이여

어쩔 수 없이 비워진 공간에다
세워야 할 피뢰침
내가 딛고 넘어야 할 산

나에게
너에게
은은한 향기로 번져나갈
사랑의 반전이 되어 질 수는 없는 걸까
자꾸만 눈물이 돈다

내안을 들여다보는 시간

첫 새벽
기를 모은 두 손바닥으로
가만히 무릎 발목을 누르다가
서서히 쓰다듬는 점검의 시간

기별도 없이 달빛이 사선으로 들어와
한 겹 얇은 레이스를 씌우며
뻗어있는 다리를 감싼다

하루 중에 내 안을 들여다보는 시간
정수리에 지그시
두 손바닥을 올려놓고
내려다보는 달빛
처연하면서 은은하다

유성

목이 비틀어져
축 늘어졌던 가는 줄기들
밤새 흠뻑 단비 맞아
이 아침 한 뼘이나 쑥
야들야들 한들

점차 횡포해져가는 매연의 하늘
밤하늘 창문 열어놓고
목을 빼고 올려다봐도
가려진 하늘 겨우 별 하나 둘

눈 감으니
주르르 별 밭에서
유성이 떨어져 간다

창가에서

오후 4시 반 동래사거리
오고 가는 발걸음 많다
저 무리 속에 나도 섞여 있었으면
엷은 햇살 밟으며 나도 걸어갔으면
우선멈춤 속에 섰다 건널목 건너
온천천 걸어 집으로 갔으면
하루도 빈 집 걱정이었는데 한 달이 훌쩍
여름 가고 가을 초입
서늘한 밤저녁
훈훈히 데우고 싶다

지금쯤 문화원 언덕
새벽 길 반달 아래
한 잎씩 낙엽 떨어지며
풀벌레 소리도 한 음절씩 울리려나
매일 만나던 얼굴들 더러는 궁금하겠지

언제쯤 집에 갈 수 있을까
하루 종일 등 붙이고 있어야 하는 침대의 일상

집에 가고 싶다

성큼성큼 걸어가고 싶다

그늘의 쉼터

가파른 오르막 나무 그늘에서
등을 식힌다
우거진 나무들 형형색색으로 물들어도
두루 뭉실 버무리는 그늘
엄마와 아가가 놀다가고
젊은 뽀얀 얼굴들
어깨 기대고 앉았던 자리
희끗거리는 머리카락
오래 먼 산 바라기의 그늘

빛은 빛대로
안개 속 내 안의 무거움도
바람에 삭혀 정제시키는
그늘의 쉼터

다시 일어나 가야할 길 내려간다

기지개

예외 없이 긴 한파
각진 아파트 밀집 속
창문 하나마저 닫으면 적막
적막
숨소리 크다

뒹굴다가 멈춰지는
토막 난 회색하늘 귀퉁이 아래
엉켜진 퇴색된 나무 풍경 속
어느 새
빨대 하나를 꽂아두고 있네

먼 듯 가까이

그대 그 자리 있어라
나 지치고 외로울 때
바라볼 수 있는 곳
허전하고 그리울 때
건너다 볼 수 있는 곳
등만 보여도 따스한 눈길
전해질 듯 질 듯

바람 불고 눈비 내려도
온 밤 어둠을 밝히는
가로등 불빛처럼
먼 듯 가깝게
조용한 미소로 말없이
끌어주는 손
그 체온만큼으로 서 있어라

제4부

소망 띄우기

새해 이른 아침
해 뜰 시간은 아직 두어 시간 남았지만
습관대로 빈 병 두 개 울러 매고 산을 오른다
하마 산중턱 운동장엔 환한 불빛 아래
오색 풍선이며 따끈한 차와 갓 찐 떡 봉지와
덕담으로 건네주는 봉사자들의 새해 인사가 훈훈하다

해 뜰 시간이 되어 산 정상을 꽉 매운 군중들 머리 위로
소망 하나씩 단 풍선들 하늘을 오르는데
고운 분홍색 풍선 하나
높이 오르지 못하고 슬금슬금 꽁무니를 빼더니
소나무 가지에 내려앉는다

바람도 잔잔한 포근한 날씨
띄워진 풍선들 모두가 점 하나로
동쪽 하늘 속으로 사라져 갔는데
너덧 장의 소망쪽지를 단 분홍풍선만
발아래 나뭇가지에 접혀져 흔들리고 있다

봄 전령사

하이구 이게 무슨 일
한 그루도 아니고
다섯 여섯 아홉 그루 몽땅
난리 났네

아직 엄동
기상 이변에 봄 전령사
정신이 어질어질 하시는지
마안산 성벽 귀퉁이
그냥 퍼질러 앉아
화다닥 펑 튀기
매화나무 활 활짝
입 딱 벌어졌네

사물놀이

사물의 본질도 모르면서
잡아 본 징채
징징징 소리가 작다

다시 징징징
마디마디 첫 박마다
내리치는 채 잡이에 맞고
크게 작게 소리를 낸다
불구덩이에서 다져져 일구어진 무쇠덩이
징 징 징
단조로운 듯 흐느끼는 여운
그 깊은 내면에서 터져 나오는 울림의 소리
아픈 슬픔의 소리가 구비 구비
엎드려지는
나와
돌아서는 너의 발걸음 잡으며
걸쭉하게 우리들 모두를
어우러지게 하는 화합의 자리
후련하다

스킨십

어제 입춘
햇살이 등을 주~욱 펴이게 하더니
밤사이 보슬비
어둑한 아침
우산 쓰고 산에 간다
매화 보러 간다

차마 손끝 하나 댈 수 없는
터질 듯 꽃망울들
온 몸으로 보슬비 끌어안으며 소곤소곤

가로등이 가만히
불을 꺼주네

5월에

하늘 덮은 초록의 차양 밑으로
막힌 듯 돌아들면 푸른 길
또 돌아들면 뚝뚝 초록 물

모처럼 둘러앉아 소리 내는 숟가락
그 사이
큰 아이 머리가 더 듬성듬성
웃을 때
손 서방 잔주름 서너 개
책가방에 눌려 시간을 쪼개면서도
한결 귀태가 나는 뽀얀 외손녀와
깊고 늠름해진 손자의 모습
내 입 꼬리가 절로 올라간다

제비꽃

아무리 작고 여려도
돋아 날 때와 제 자리를 안다

가장 낮은 곳에 앉아
자줏빛 꽃잎 틔워
웃고 있는 제비 꽃
내 속 치유의 약
미소를 주네

낙엽 하나가

낙엽 하나를 줍는다

이슬에 젖은
너덜거리는 잎사귀
뚫어진 구멍들

쉼터 벤치에 누워
얼룩진 낙엽 들고 보니
새벽하늘의 별이 구멍에 박힌다

가까이 눈에 대니
구멍마다 별이 보인다.

뚫어진 낙엽 하나가
별 밭이 된다

4천 원의 행복

아침 거실
커튼을 밀치고 돌아서는데
에구머니, 이를 어째
이를 어째 미안해

천 원 씩 주고 산
손바닥보다 작은 비닐화분의
빨갛고 노란 일년초 생화
어제도 딸과 함께 칭찬만 했던 미소
비 맞은 종이 짝이 되었네

축 늘어진 이파리 사이로 살금
흥건하게 물을 주고
서너 시간 지났을까 고마워라
이파리 생기가 돋아나고
꽃잎들 서서히 고개를 든다

오늘 아침 다시 보니
기어이 깨어나지 못한 노랑꽃 두 송이

그 곁에
꽃봉오리 하나
노란 꽃잎 빼어 물고 솟아올랐다

하마터면 잃어버렸을
돈으로 셈할 수 없는 행복
꽃잎 살짝 쓰다듬는다

천사의 미소

저기
사람들 사이로 할머니 손잡고
낮게 오는 저 아가
남은 한 손 흔들며 오네

나에게 눈 주며 생글거리며 오네

두둑한 가방 매고
한 손엔 장보따리
아가의 할머니와 내가 닮았을까
슬쩍 날 내려다보고 다시
아가를 본다

세 살 쯤 되었을까 꼬마 아가씨
어설프게 손목 돌려가며
흔들어 주고 가는 손
장보따리가 가벼워졌네

웃음치료

결석해도 괜찮아
외롭고 쓸쓸할 때 엄마 한 번 씩 나가 봐
수업료 세 곱으로 부쳐주는 막내의 강요에
나가 본 노래교실
머리 몸통 꼬리 통째로
아는 유행가 없어지고 쭈뼛쭈뼛
멋쩍고 싱거워 실없이 웃음만 나오더니
가짜 웃음도 손뼉 치며 참인 듯 웃다보면
참 웃음이 됩니다
강사 선생님 솔선수범
손뼉 치고 소리 내며 크게 더 크게

그랬다 분명
긍정적으로 받아들이는 일
좋은 교훈 하나 새기며
잠시 수강생이었던 내가
나에게 수료증을 내려주고 내가 받았다

이 달의 마지막 날
막내는 또 수강료를 통장에 입금했다

부추 꽃

어디서 오신 소복의 군무인가
적막이 흐르는 달빛 아래
파르르 일렁이는
넓은 밭의 비단 물결

언제나 낮은 자세
가는 잎줄기 모여
군락을 이루는
새파란 부추 밭인 줄만 알았는데

맑은 영혼
먼 곳 그리움을 향한 부활의 몸짓인지
위로 뻗어 올린 가는 꽃대
일제히 터뜨린 하얀 꽃들의 행렬
이 새벽
새롭게 각인 시키는 숭고한 부추 꽃이여

아름다운 걸음

갈 곳 있는 사람은 행복하다
기다려주는 사람 있는 곳
듬성듬성 흰머리 쓰다듬고
걸음 떼어 놓는 일 행복이다

처진 어깨 세워
행복은 찾아나서는 일
찾아나서는 걸음은 행복을 잉태하는 길
마음 움직이는 일
더욱 의미 있는 시간

새순
다시 돋아나지 않는
오랜 황혼의 길
스스로 부축이며
걸어가는 길 아름답다

딸 하나 더

얼굴 없고 음성도 닫힌 우린
인터넷 이웃
겨우 글줄이나 올려보는 내게
손가락 짚어가듯 일깨워 주던 자상함
가끔씩 먼 시외 통화

인터넷은 식어져도 은혜로웠던 일들 남아
문자 한 통 받고 엄동설한 먼 길
새벽 기차로 달려 온
눈빛 하나로 단박에 알아 본 평택 아낙
십년지기의 20년도 좋은 연령의 차이
하루의 해가 짧게 지나가고
어둠 속에 사라져가는
도독한 코와 서글서글한 눈매가 건넨
딸 하나 더 있다 여기세요 몽돌님

산언덕을 오르는 찬 새벽
둥근달과 별들 속에서 빙그레, 빙그레

철들기

내려놓으리
이제는 내려놓을 수 있네
바라지 말고 가벼이

어차피 다 사라지고 말 것
오래 부대끼던 바램
이제는 내려놓을 수 있네
버릴 수 있네

이제야 철이 드네

스케치

회색 하늘 밑
홀로 스케이트
머릿결 날리며
은 세상을 휘젓는 이
머리 이마 콧등이 보이네
허리 굽혀 은세계를 구르는
굽어진 무릎 위
응시의 눈

나 밖에 없는 새벽
대중탕 벽면
거울 속 수증기가 그려놓은
기막힌 평창 올림픽 장면
한 점

선한 마음

선한 마음으로 주는 것이
줬다는 것이
마음을 편하게 하네

그 편한 마음으로
밤새 단잠을 자고

따뜻한 물 한 잔 들고
이 새벽
다시 하늘을 보네

우리

때로는 이렇게 있어도 좋아
욕심을 내린 절제의 미덕
딱 이만큼의 자리에서
해질 녘
번져오는 그리움의 날개

때때로 돌아와
따뜻이 보듬어주고
돌아설 수 있음의 여유로움
오래 정들었던 집 뒤
넓은 자갈밭의 냇물
던지는 조약돌 받아 안 듯
투정도 받아주면서
우리
이렇게 있어도 좋아

발의 찬사

아 - 좋다 이 느긋함
일시에 구석구석 무장해제
절로 미소가 번진다

매일 아침 어두컴컴한 산길
터덕거리며 오르락내리락
용케도 나를 지고 다니는 발
돌아와 따뜻한 물에
담그기만 해도 짜르르 희열

어느 누가 하루인들
날 지고 다닐 수 있을까
발가락 사이사이 문지르다가
발목을 눌러주고 발 닦으며 감사

절로 껍질 벗겨진 발바닥
무심코 뜯다 패인 자국
며칠 동안 연고를 발라주며
앞으론 함부로 손대지 않기
호호 입김을 불어준다

유년 시절 한 때

현해탄 건너 올 때
홀딱 도둑맞은 아버지
산복도로 입구에 마련한
방 한 칸짜리 기와집

잠 잘 때 안 쪽 벽에 아버지
방문 앞엔 어머니
중간에 동생들 내 자리는 발치

부엌 담밖엔 우물
종일 물동이 두레박 소리
가수 지망생인 대소쿠리 만드는 총각
밤마다 부르던 유행가 나도 흥얼흥얼

뒷골목 올라 판자 집 사이
우산 수리공 집 딸 내 친구 승자하고
깨금발 뛰며 선생님 댁에 공부하러 다닌
초등학교 저학년 시절 생각이 난다

해설

황혼의 노래, 영혼의 숭고

구모룡
(문학평론가)

황혼의 노래, 영혼의 숭고

구 모 룡
(문학평론가)

　때론 노년의 지혜를 찬양하고 노경老境에 상응하는 관조와 청담淸淡을 경배하기도 한다. 아름다운 늙어감에 대한 기대가 크기 때문이다. 여름이 지나면 가을이 오듯이 사람에게도 삶의 가을은 오게 마련이다. 천지의 자연은 순환하면서 영원하지만, 인생은 한번 가면 오지 않는다. 여기에다 병과 고통이 따르고 이별과 고독이 수반된다. 살과 뼈와 피로 구성된 몸은 세월을 지나면서 닳고 낡기 마련이다. 노화와 죽음은 누구도 받아들이기 싫지만 거역할 수 없는 사실이다. 속절없이 늙어가는 자아에 대하여 저항하는 자아가 생기는가 하면 늙어 감을 수락하는 자아를 형성하기도 한다. 저항과 체념 사이에서 갈등하고 분열하는 시간이 노년이다. 덧없이 흐르는 시간의 한 가운데서 글쓰기는 노년의 자기를 표출하는 방식이자 치유의 한 형식이 된다. 피할 수 없이 닥쳐온 가족의 죽음을 애도하면서 마음의 평안을 갈구하는 기도가 시 쓰기와 함께 한다.

　김화자의 시집『침묵의 뒤』는 질병의 침입으로 몸져누운 남편을 간호하는 병상의 일지이자 이러한 남편이 세상을 뜬 뒤에 부르는 애도의 노래이다. 나아가 혼자됨의 시간을 이겨내는 인고의 기록이자 새로운 삶과 사랑을 갈구하는 기도이다. 4부로 구성된 시집은 시간의 흐름을 따라 배치되었다. 시집의 1부의 첫머리에 놓은「안착」은 "두 촉짜리 난 화분"에 노부부의 모습을 투영한다. "그 많던 온실의 난이며/마당의 나무들/몽땅 흩어버리고" "옛집 자리"에 새로 들어선 집(아파트로 짐작되는)의 거실에 안착한 "풍란 하나"을 마주하면서 시적 화자는 다음과 같이 말한다.

　　더 무엇을 바라리/닳아져 가는 우리들 마주 보다가/하늘 올려
　　다보고/별 보다가/내리는 빗줄기/구름의 의미를 익혀가야지

　나이 듦을 받아들이면서 자연의 이치를 익혀가겠다는 화자의 태도가 엿보이는 대목이다. 황혼의 미학으로 흔히 내세우는 미적 범주가 담淡이다. 비우고 맑아지는 상태를 지향한다. 화자가 말하는 '구름의 의미'와도 맥락을 같이 하지 않을까. 정념의 구름을 비워내면 푸른 하늘빛이 다가오듯이 '더 무엇

을' 바라지 않고 시간을 받아들이는 데서 담의 미학은 나타난다. 이러한 과정에 침입한 돌연한 사건은 삶을 다시 어둠으로 끌어내린다. "이사 와서 미처 돌 볼 사이도 없이/그가/위암이 식도로 전이되어 손도 쓸 수조차 없다는 벼락같은 소리"를 듣는다. 이로써 남편의 고통을 직면하게 되면서 "통증만은 끝까지 없게 하여 주시옵소서"(『벼락』에서)라고 기도한다. 나눌 수 없는 고통에 직면하면서 서로 연민하며 염려하는 마음은 「체중」이 말하듯이 더욱 커진다. 하지만 "성모병원 호스피스 병동"에 입원한 "그와의 거리"(『입원』에서)를 좁히긴 힘들어진다. 예고된 이별을 받아들이지 않을 수 없는 상황이다. 봉사자들에 의해 관리되는 남편을 바라보는 시인의 감정은 그들의 사정으로 인해 자신이 남편을 수발하게 되면서 "나에게 이런 시간을 만들어 준/이에게 감사한다"(『감사』에서)는 진술로 표출된다. 이처럼 시인에게 노년은 삶에 대한 경고뿐만 아니라 소망으로 받아 들여 진다. 시인은 노년에서 만나는 삶의 역설을 담담하게 전한다. "불꽃같이 번져나던 벚꽃 길/하루 비에 폭삭/교회 대신 병원으로 간다/나의 하나님은 지금 병원에 계신다"(『나의 하나님』에서).

　치유의 길이 끊어진 환자에게 보살핌과 함께 있음의 의미는 무엇일까. 고독하게 죽어가는 이에게 어떤 위로가 필요할까? 시인은 남편의 임종까지 병원에서의 생활 과정을 세심하게 시로 표현한다. 환자의 상태가 나빠짐에 따라서 병원에만

머물러야 하거나(「금족령」에서), "이젠 죽 두어 숟갈 데워놓고/먼 산만 보다 밀쳐내기가 일쑤"인 환자를 바라보면서 "아직도 크게 진통을 느끼지 못하는데 감사할 뿐"인 상황을 받아들인다. "하나님 아버지 편히 쉬게 하여 주시옵소서"(「무통증」에서)라고 환자의 무통증을 간구하지만 "온몸 가려움과 통증에" "내가 할 수 있는 건/그저 손으로 쓰다듬을 수밖에"(「4월 24일」에서) 없음을 안다. 오직 사랑의 감정이 전달되기를 바라는 마음이 간절하다. "기억이 흐려져 가는 당신/물끄러미 날 바라보는 당신의 눈동자/젖어있다"(「흐려져 가는 기억」에서)는 진술이 말하듯이 육신의 죽음에 다다른 영혼의 슬픔이 전해져 온다. 암죽조차 넘기지 못하는 지경에서 죽음에 다다를수록 환자의 무통증을 간구하던 시적 화자는 "최소한 당신 본연의 모습과 정신으로/눈 감을 수 있도록 지켜주시옵소서"(「4월 28일」에서)라고 기도한다. 달리 말해서 '기품 있는 놓아주기'를 염원한다. 하지만 생명에 대한 집착은 쉽게 빛으로 가는 길을 열어주지 않는다. 「4월 29일」의 정황처럼 연신 환자는 "엄마"를 부르면서 고통을 호소하지만 "수녀님이 위로의 말 뒤에/아픔도 스스로 이겨나가야 함을 일러주면서/아버지 하나님 곁으로 갈 마음은 없느냐고 물었을 때/도리질을" 한다. 보살핌의 과정은 타자를 대상화하는 일이 아니며 자신의 내면으로 그를 받아들이는 일이다. "오후부터 한 발 짝 한 발 짝/임종이 다가옴을 예감하면서/정신 차려 목구멍에 밥을 넣는다"(「5월 3일」에서)라는 화자

의 진술은 환자와 교감하는 자아의 견결한 자세를 알 수 있게
한다.

> 오늘은 생각보다 진통의 폭이 순해 보였다/흔드는 손을 잡고
> 불러도 이젠 고개 흔들지 않는다//나도 몰래 당신의 머리를
> 쓰다듬으며/너무 고통 받지 말고 하늘나라에 먼저 올라가서
> /어머니를 만나고 있으면/내가 당신보다 7년이나 어리니 좀
> 더 살다가/당신 따라 갈 테니 미리 내 자리도 잡아놓고/기다
> 리고 있어요. 알았지요?/그의 귀에다 또렷또렷 속삭였다//
> 알아들은 듯 그의 표정이 조금씩 밝아져 왔다/차례대로 아이
> 들 모두 와서 만나고/마지막 막내가 도착 감겨지던 눈이 다
> 시 떴다가/스르르 영영 감겨졌다 저녁 8시 30분//당신의 모
> 습이 너무나 편안하게 보였다
>
> ― 「임종」 전문

보살핌은 환자를 향하지만 자기로 회귀하는 마음의 문제이
다. 긍휼은 가난한 심정에서 자란다. 임종을 맞으면서 긍휼의
대상은 사라진다. 하지만 그의 '존재하지 않음'은 나의 존재
안에 삶과 죽음의 문제를 각인한다. 시집의 1부가 남편의 임
종에서 끝난다면 2부는 부재하는 그에 대한 회상과 애도를 표
현한다. 병상의 에피소드가 '긴 이야기'(「긴 이야기」에서)로 남아 시
인의 내면 안에 남기도 하고 "마지막 잦은 신음 속에/난데없
이 묻어오는 엄마"라는 "당신의 목소리"(「엄마」에서)는 오래도록
슬픈 울림이 된다. "웃는 듯 눈에 선한/그대 너무나 편한 마

지막 모습"은 시인에게 "편안"(『편안을 주고 간 당신』에서)을 준다. 하
지만 여전히 들려오는 "나직한 당신의 음성"(『음성』에서)은 시인
을 지속적인 슬픔으로 이끈다. 이러한 슬픔은 순전히 부재하
는 '당신'을 향한다. "아무도 없네/참말로 아무도 없네//변명
반 섞어/보고 할 때도 없이/빈방뿐이네"(『빈방』에서)라는 진술이
함의하는 바처럼 시인이 꾸려야 할 새로운 삶에 대한 염려에
서 비롯하지 않는다. 「외롭다 생각되는 날」을 통하여 알 수 있
듯이 그의 죽음과 부재는 오히려 존재에 대한 자각과 각성을
더하고 있다. 노년의 삶에 대한 인식이 깊다. 다시 말해서 사
랑하는 사람에 대한 애도가 새로운 삶을 가능하게 한다는 의
미를 지닌 비타 노바Vita nova의 길이 열린다.

> 한 며칠 당신이 출장 갔을 때/홀가분하게 여기던 그때처럼/
> 외롭다 생각지도 말고/쓸쓸해하지도 말고/당신이 마지막으
> 로 내게 준/최대의 휴가라 생각하자//지금 으스름 내리고 밤
> 이 오는 까닭도/내일 새날을 위한/휴식의 시간/욕심부리지
> 말고/주어진 건강에 감사하며/눈도 마음도 건전하게 채워
> 갈 수 있는 일/어딘가에 있을 터/부축하며 스스로 날 일으켜
> /내 안을 채워가자/수시로 떠오르는 당신의 모습 바라보며/
> 날 지켜준다 생각하자
>
> — 「외롭다 생각되는 날」 전문

이처럼 시적 화자는 외로움과 쓸쓸함을 이겨내면서 혼자 늙
어감을 어둠으로 통하는 길이라 생각하지 않는다. '당신'을 애

도하면서 휴식과 건강을 유지하면서 자신을 일으켜 내면을 채워가는 삶의 충일充溢을 염원한다. 애도의 슬픔은 존재를 변화시킨다. 그것은 "푸른 문고리"(「푸른 문고리」에서)가 되어 존재를 일으켜 세우고 사유를 깊게 한다. 물론 이 모든 게 당장 이뤄지는 일은 아니다. "얼마나 시간이 흘러가야/당당하게 홀로 설 수 있을까"(「거짓말」에서)라고 되묻지 않을 수 없다. "깊은 고요"의 "어둠"(「독한 약」에서) 속에 고립된 자아와 만나기도 한다. 체념과 포기의 상념도 오갈 수 있다. 하지만 "외벽이라도 쌓아가야지/터득하며 배워가야지"(「혼 밥」에서)라는 다짐을 멈추지 않는다. 내면 안에 머물거나 혼자 있을 때 의지의 피로가 다닥친다. 슬픔의 고통을 딛고선 의지적 자아는 다르다. "생각이 생각을 바꿔놓는 종이 한 장 차이의 생각/푸근한 마음으로 잠자리에 든다"(「종이 한 장의 차이」에서)는 구절처럼 자기를 긍정한다. 시인은 「기도」의 마지막 연으로 '요한 3서 1장 2절'을 배치한다. "사랑하는 자여/네 영혼이 잘됨같이/네가 범사에 잘되고 강건하기를/내가 강구하노라." 애도와 기도의 변증법이 진행된 대목이다. 신과의 대화를 통하여 시인은 의지를 강화하고 대긍정의 삶을 지향한다. 이를 단지 신앙의 힘이라고 할 수는 없다. 애도와 슬픔으로 연단된 존재의 변화라 하겠다.

「기억 속의 감포」, 「완행열차」 그리고 「등산화」에 이르면 일상이 전면화되면서 슬픔이나 애도가 후면으로 밀려나 있음을 알게 된다. 그만큼 시인이 주체로서 자기의 삶에 직면하고 있다. 부재의 대상이 추억으로 전환하면서 자아의 내면을 채우는 기제로 작동한다.

3부의 시편들은 일상성을 회복한 자아가 지닌 생의 감각을 표출한다. 그 첫머리에 놓인 「탈출」은 "촘촘히 박혀진 바늘구멍 틈새로/삐죽삐죽" 빠져나오는 "하얀 오리털"을 묘사하는 경쾌함을 보인다. 시집의 표제시인 「침묵의 뒤」는 시 속의 주인공이 환자가 되어 입원한 이야기를 담고 있다. 코골이가 심한 옆 병상의 환자가 떠난 뒤의 병실 풍경을 서술한다. 타자에 대한 사소한 감정의 문제를 반성하는 자아의 모습은 더 큰 사랑을 생각하게 한다.

> 시련이다/나에게 내리시는 시련의 시간/눈 감고 외우고 또 외우는/저의 옹졸함을 용서하여주시옵소서/용서하여주시옵소서/오전까지 그녀가 누웠던 병상/내가 누워 긴 밤 뒤척이고 있다
>
> – 「침묵의 뒤」 부분

이처럼 시적 자아가 섬세하다. 아픈 몸이면서 타자를 환대하지 못한 자기를 질타한다. 연민과 공감은 김화자 시인의 시적 마음이다. 「외톨이」가 낯선 타자에 대한 연민을 말한다면 「지침서」는 타자의 고통에 대한 공감을 표출한다. 물론 "보이지 않는 바람이었으면 좋겠다/흔적 없이 사라지는 바람이었

으면 좋겠다"(「이럴 때는」에서)와 같이 "내 몸 천근으로 일어날 수 없을 때"의 무게를 한탄하기도 한다. 그럼에도 시인은 "기다림의 미학"(「기다림의 미학」에서)을 견지하고 새로운 "사랑법"(「이제야」에서)을 깨치고자 한다.

> 하루 이틀 기다리다가/일 이주일/기다림의 초조함 토닥이며/어디쯤에서 매듭이 꼬였을까/나 아닌 네가 되어도 본다.//돌아보며 한 달 두 달/다시 기다려보기/기다리다가 영영/어둠에 묻혀버릴지라도/각진 모서리를 갈고 있는/내 안을 위해/계절 위에 장대 하나 세워놓고/기다려 볼 일이다
>
> – 「기다림의 미학」 전문

기다림의 미학은 기다림 그 자체에 있다. 이는 "나 아닌 네가 되어도" 보는 경험의 과정이다. 그리하여 그 대상에 영영 도달하지 못하더라도 "내 안을 위해" 기다림은 지속된다. 바로 새로운 사랑이 발명되는 모습이다. 시인은 이를 "깨닫지 못했던 사랑법"(「이제야」에서)이라고 한다. 기다림은 타자에 대한 사랑이고 관심이다. 그것은 고통에 동참하면서 희망을 찾는 생의 감각을 의미한다. "긴 밤이 가고/또 한 밤들이 가서/환하게 웃을 날 있으리/꼭 있으리"(「오뚝이」에서). 이와 같은 시인의 염원은 사물과 구체적인 삶을 대하는 섬세한 정신으로 이어진다. 「통도사 가는 길」에서 만난 "감나무"나 「세모에」에 등장하는 "키다리 아저씨"는 사물과 사람에의 관심과 지각을 잘

보여준다. 시인은 "나에게/너에게/은은한 향기로 번져나갈/사랑의 반전이"(『눈물』에서) 되는 열망을 버리지 않는다. 이는 나와 너, 주체와 타자, 내면과 외부를 오가면서 교감과 공감을 이끌면서 기다리는 일과 다름이 없다. 시인의 기다림은 "내 안을 들여다보는 시간"(『내 안을 들여다보는 시간』에서)이자 "빛은 빛대로/안개 속 내 안의 무거움도/바람에 삭혀 정제시키는/그늘"(『그늘의 쉼터』에서)과 같이 시간의 리듬과 공명하는 마음의 움직임이다.

시집의 4부는 생에 대한 긍정과 생성, 기쁨과 희망을 말한다. 더불어 즐거운 삶인 공환(共歡, conviviality)에 대한 지향이 뚜렷하다. 이러함에도 시인은 시집의 가장 끝자리에 유년 시절의 가난을 추억하는 「유년 시절 한 때」를 배치하는 의도를 감추지 않는다. 가난한 마음에 깃드는 영성의 가치를 알기 때문이라 생각한다. 벌써 시인은 자아의 삶에서 영혼의 슬픔을 지각한다. 삶의 고통스러운 미궁을 통과한 노년의 경지가 아닐까 한다. 여전히 생명에 대하여 놀라고 사물의 생태가 경이로운 감각을 확장한다. "아직 엄동/기상 이변에 봄 전령사/정신이 어질어질 하시는지/마안산 성벽 귀퉁이/그냥 퍼질러 앉아/화다닥 펑 튀기/매화나무 활 활짝/입 딱 벌어졌네"(『봄 전령사』에서)라고 놀람과 환희를 표출하거나 "뚫어진 낙엽 하나가 별밭이"(『낙엽 하나가』에서) 되고 "웃고 있는 제비 꽃"이 "치유의 약"(『제비 꽃,에서)이 되는 생명의 관계를 표현한다.

> 어디서 오신 소복의 군무인가/적막이 흐르는 달빛 아래/파
> 르르 일렁이는/넓은 밭의 비단 물결//언제나 낮은 자세/가는
> 잎줄기 모여/군락을 이루는/새파란 부추 밭인 줄만 알았는
> 데//맑은 영혼/먼 곳 그리움을 향한 부활의 몸짓인지/위로
> 뻗어 올린 가는 꽃대/일제히 터뜨린 하얀 꽃들의 행렬/이 새
> 벽 /새롭게 각인시키는 숭고한 부추 꽃이여
>
> – 「부추 꽃」 전문

낮은 지평에서 "맑은 영혼"을 피워올리는 "부추꽃"의 형상
에서 우리는 시적 자아의 모습과 만난다. 영혼의 숭고를 갈망
하되 삶이 뿌리내린 대지의 존재를 망각하지 않는다. 황혼의
미학이 영혼의 숭고를 직면하는 장면이다. 하지만 시인이 그
려내는 숭고는 결코 추상적이지 않다. 「발의 찬사」가 이야기
하고 있듯이 가장 낮은 데서 부활과 구원의 징표를 찾는다. 자
아에서 영혼으로 가는 길목에는 경험과 침묵의 시간이 있다.
간난과 곤경, 고통과 고독의 시간을 지나면서 시인은 의연하
게 자기의 삶을 바라보고 타자를 기다리는 여유를 얻는다. 스
스로에 대한 기대와 요구로부터도 벌써 자유롭다. "새순/다
시 돋아나지 않는/오랜 황혼의 길/스스로 부축이며/걸어가는
길 아름답다."(「아름다운 걸음」에서) 그렇다. 시인은 이미 이같이 아
름다운 길을 걷고 있다.

김화자의 시는 상실과 부재를 경험하면서 늙음이 어둠 속으로 빠져들 수 있다는 관념을 깨트린다. 오히려 분리와 적막, 고통과 죽음을 넘어서 빛으로 이어지는 노경을 생성한다. 그가 시로써 표출하고자 하는 자아의 면모나 이러한 자아의 미로를 통과하는 '영혼의 길'은 결코 평이하지 않다. 애도를 완전한 새로운 삶으로 상승시킨 과정 또한 경이롭다. 그의 시편들을 통하여 우리는, 황혼의 미학과 만나는 한편, 노년의 참된 가치를 다시 인식하게 된다. 늙어감의 의미가 체념과 저항 사이에서 끊임없이 흔들리고 소외되는 현실에서, 김화자의 시는, 헨리 나우웬이 지적했듯이, '나이 든다는 것이 퇴락이 아니라 새로운 소망의 계기임'을 일깨운다. 그의 시를 읽으면서 우리는 적어도 노년이 우리 속에서 빛나는 경계임을 인식할 수 있다.